हिन्द पॉकेट बुक्स

शिक्षाप्रद प्रेरक कहानियाँ

बुआ, नाना–नानी और दादा–दादी से प्रेरक कहानियाँ भला किसने नहीं सुनी होंगी ! मुझे तो अपना बाल्यकाल आज भी याद है – शाम को जब अंधेरा घिरने को होता, हम बच्चे अपना खेल समाप्त कर घर आते, घर आकर खाना खाते और फिर शुरू होता कहानी सुनने–सुनाने का सिलसिला। मेरी ही तरह सभी बच्चे अपने नाना–नानी, दादा–दादी से कहानी सुनने की हठ करते और सच तो यह है कि कहानी सुनते–सुनते बच्चे गहरी नींद में सो जाया करते थे।

इस पुस्तक में कुछ ऐसी प्रेरक कहानियाँ दी गई हैं, जिन्हें अत्यंत रोचक ढंग से प्रस्तुत किया गया है। इन प्रेरक कहानियों के बहाने अपनी सभ्यता, संस्कृति और परंपराओं से भी अवगत हुआ जा सकता है और जीवन में कुछ कर गुजरने की प्रेरणा भी ली जा सकती है।

निश्चित रूप से ये कहानियाँ बच्चों, किशोरों और युवाओं के लिए ही नहीं वरन् बड़ों के लिए भी बड़ी लाभदायक सिद्ध होंगी।

सुरुचिपूर्ण एवं प्रेरणादायक सचित्र कहानियाँ

शिक्षाप्रद प्रेरक कहानियाँ

शिवकुमार गोयल

हिन्द पॉकेट बुक्स
पेंगुइन रैंडम हाउस इम्प्रिंट

हिन्द पॉकेट बुक्स

यूएसए | कनाडा | यूके | आयरलैंड | ऑस्ट्रेलिया | सिंगापुर
न्यू ज़ीलैंड | भारत | दक्षिण अफ्रीका | चीन

हिन्द पॉकेट बुक्स, पेंगुइन रैंडम हाउस ग्रुप ऑफ़ कम्पनीज़ का हिस्सा है, जिसका पता global.penguinrandomhouse.com पर मिलेगा

पेंगुइन रैंडम हाउस इंडिया प्रा. लि.,
चौथी मंजिल, कैपिटल टावर -1, एम जी रोड,
गुड़गांव 122 002, हरियाणा, भारत

पेंगुइन
रैंडम हाउस
इंडिया

प्रथम संस्करण हिन्द पॉकेट बुक्स द्वारा 2014 में प्रकाशित
यह संस्करण हिन्द पॉकेट बुक्स में पेंगुइन रैंडम हाउस द्वारा 2022 में प्रकाशित

10 9 8 7 6 5 4 3 2

ISBN 9789353491963

मुद्रकः रेप्रो इंडिया लिमिटेड

www.penguin.co.in

FSC
www.fsc.org
MIX
Paper from responsible sources
FSC® C047271

This is a legitimate digitally printed version of the book and therefore might not have certain extra finishing on the cover.

क्रम

फैसला

तब उदयपुर के महाराणा थे फतहसिंह। एक बार उन्हें पता चला कि सियारवां गाँव के किसान लगान नहीं देते। उन्होंने आदेश दिया कि लगान वसूल किया जाए।

सियारवां गाँव में ब्राह्मण रहते थे। उनका कहना था, "हम लगान क्यों दें? यह गाँव तो अनेक वर्ष पूर्व महाराणा सज्जनसिंह जी ने हमारे पुरखों को दान में दिया था। इतना ही नहीं, हमें दक्षिणा के रूप में बारह सौ रुपए भी प्रति वर्ष मिलते थे, जो अब बंद हो गए हैं। हमें दक्षिणा फिर से मिलनी चाहिए।"

सियारवां के कुछ समझदार माने जाने वाले लोग मिलकर उदयपुर दरबार में पहुँचे। महाराणा जी से फरियाद की। कहा, "अन्नदाता, हमारे पुरखे बताया करते थे कि एक बार उदयपुर राज्य में भयानक सूखा पड़ा था। तब महाराणा सज्जनसिंह जी ने वर्षा के लिए यज्ञ करवाया था। यज्ञ पूर्ण होते ही वर्षा आरंभ हो गई थी। इससे प्रसन्न होकर महाराणा जी ने सियारवां गाँव हमारे पुरखों को दान में दे दिया था। साथ में बारह सौ रुपए प्रति वर्ष दक्षिणा के रूप में तय हुए थे। महाराणा जी की जय हो। हमें न्याय चाहिए।"

महाराणा फतहसिंह ने ध्यान से फरियाद सुनी। फिर बोले, "क्या सियारवां के दान का कोई प्रमाण है आप लोगों के पास? कोई आदेश पत्र? उसे दरबार में पेश कर दें, तो लगान की वसूली रोक दी जाएगी, अन्यथा सियारवां के निवासियों को कर देना होगा।"

महाराणा फतहसिंह की बात सुनकर सियारवां से आए लोगों के चेहरे उतर गए। दिखाने के लिए तो उनके पास कुछ भी नहीं था। वैसा दान पत्र तो किसी ने कभी नहीं देखा था। बस, गाँव के बड़े-बूढ़े ही यह बात बताया करते थे। वे लोग चुपचाप उदयपुर से सियारवां लौट आए।

अगले दिन गाँव में पंचायत बैठी। उदयपुर से लौटे गाँव वालों ने पूरी बात बताई। कहा, "अगर किसी के पास सियारवां का दानपत्र हो, तो उसे ले आए। उसके बिना महाराणा जी हमारी बात सुनने वाले नहीं। दानपत्र न मिला, तो गाँव को लगान देना ही पड़ेगा।"

यह बात सुनकर वहाँ सन्नाटा छा गया, क्योंकि दानपत्र सचमुच किसी के पास नहीं था। सब कहने लगे, "यह तो बुरा हुआ। महाराणा तो अब हमसे लगान वसूल करके रहेंगे।"

तभी एक व्यक्ति खड़ा हुआ। उसने कहा, "हमारे पुरखों की बात झूठी नहीं हो सकती। दानपत्र कहीं-न-कहीं होगा जरूर। इस समय अगर नहीं मिल रहा है, तो हम क्या करें।"

मुखिया बोला, "एक और बड़ी अदालत भी है, जिसके दरवाजे हम खटखटा सकते हैं।"

"कौन सी बड़ी अदालत भी है?" कई लोग एक साथ बोल उठे।

"अंग्रेज बहादुर की, और किसकी!" मुखिया ने कहा। "हमें वहाँ भी इस मामले को उठाना चाहिए।" बस, फैसला हो गया।

उन दिनों उदयपुर में कालोन इलियट बड़े अंग्रेज अधिकारी थे। गाँव वालों का एक प्रतिनिधिमंडल लेकर मुखिया कालोन इलियट से मिला। इलियट ने ध्यान से पूरा मामला सुना, फिर आश्वासन दिया, "घबराने की कोई बात नहीं है। मैं महाराणा जी के साथ तुम्हारे गाँव में आऊँगा। खुद जाँच करूँगा।"

मुखिया तथा दूसरे गाँव वाले संतुष्ट होकर सियारवां लौट गए। गाँव

वाले हर दिन प्रतीक्षा में रहते कि इलियट और महाराणा फतहसिंह किस दिन गाँव में आते हैं।

एक दिन गाँव वालों को सूचना मिली कि महाराणा फतहसिंह और कालोन इलियट एक सप्ताह बाद गाँव में पधारेंगे। गाँव वाले सक्रिय हो गए। पूरे सियारवां में सफाई की गई। मकानों की पुताई हुई। देखते-देखते गाँव का रूप निखर गया। महाराणा जी और कालोन इलियट के स्वागत की पूरी तैयारी की गई। सियारवां को अपने महाराणा का स्वागत करने का अवसर पहली बार मिल रहा था। पर गाँव वालों के मन में धुकधुकी भी थी। 'अगर अंग्रेज बहादुर ने भी दानपत्र का प्रमाण मांगा, तो फिर क्या होगा?' यह चिंता सभी को परेशान कर रही थी।

निश्चित तिथि को महाराणा फतहसिंह और कालोन इलियट सियारवां आ पहुँचे। साथ में पूरा तामझाम था। दूर-दूर के गाँवों के निवासी भी महाराणा के दर्शन करने आए थे। गाँव वालों ने अपने महाराणा का स्वागत किया। इलियट की अगवानी की और उन्हें सम्मानपूर्वक सरोवर के तट पर ले गए।

मेहमानों के बैठने का प्रबंध वहीं किया गया था। थोड़ी दूर पर गाँव वाले बैठे थे। सब उत्सुक थे कि देखें लगान के बारे में आज क्या फैसला होता है। कालोन इलियट ने गाँव के मुखिया को सामने बुलाया। उसे पूरा मामला बताने को कहा।

मुखिया ने इलियट को वही सब कह सुनाया, जो महाराणा जी के सामने बताया था। इस पर इलियट ने पूछा, "क्या आपके पास कोई लिखित प्रमाण है, जिससे पता चल सके कि गाँव महााणा ने दान में दिया था?" यह सुनते ही मुखिया का सिर झुक गया। वह कुछ भी कहने की स्थिति में नहीं था।

तभी एक बूढ़ा ब्राह्मण उठ खड़ा हुआ। लाठी टेकता भीड़ से निकलकर महाराणा जी की ओर बढ़ा। बोला, "हमारे दादा-परदादा बताया करते थे कि

महाराणा जी ने दान की पुष्टि करने वाला एक ताम्रपत्र दिया था, लेकिन अब उस तामपत्र के बारे में कुछ नहीं कहा जा सकता। गाँव में वह किसी के पास नहीं है। न जाने कहाँ खो गया!"

इलियट ने कहा, "यदि तुम लोगों के पास लिखित प्रमाणपत्र नहीं है, तो फिर निर्णय महाराणा के पक्ष में जाएगा। तुम लोगों को लगान देना होगा।"

बूढ़े ब्राह्मण ने यह सुना, तो उसका शरीर काँपने लगा। उसने सूर्य की

ओर देखा और हाथ जोड़कर बोला, "हे सूर्य देवता, आप साक्षी हैं, हमारे पुरखे झूठे नहीं थे। हमारा पक्ष सच्चा है। हमारी सहायता करो।"

कुछ देर बाद बरगद के वृक्ष में खड़खड़ाहट-सी हुई और एक विशालकाय बंदर नीचे उतरा। फिर सबके देखते-देखते वह सरोवर में कूद पड़ा। जब वह पानी से बाहर आया, तो उसके हाथ में एक ताम्रपत्र था। सब लोग

चुपचाप देखते रहे, यह तो चमत्कार ही था। बंदर ने ताम्रपत्र इलियट और महाराणा जी के सामने मेज पर डाल दिया और पेड़ पर चढ़कर आँखों से ओझल हो गया।

इलियट ने ताम्रपत्र देखा और उसे महाराणा फतहसिंह की ओर बढ़ा दिया। महाराणा ने ताम्रपत्र देखा और माथे से लगा लिया। उस ताम्रपत्र पर महाराणा के पूर्वज सज्जनसिंह के हस्ताक्षर थे और ताम्रपत्र में सियारवां ग्राम के दान का स्पष्ट उल्लेख था। अब इस बारे में कोई संदेह नहीं रह गया था।

महाराणा फतहसिंह ने आदेश दिया, "सियारवां गाँव राज्य की सम्पत्ति नहीं है, यह बात इस ताम्रपत्र से प्रमाणित हो गई है। यह बड़े चमत्कारिक ढंग से हमारे सामने आया है।"

अभी महाराणा यह कह ही रहे थे कि वह बंदर फिर पेड़ से नीचे उतरा। मेज के पास आकर ताम्रपत्र उठाया और सरोवर में फेंककर फिर से पेड़ पर जा चढ़ा।

सब हैरानी से देखते रह गए, लेकिन फैसला हो चुका था। इसके बाद सियारवां के निवासियों से फिर कभी लगान नहीं मांगा गया। बंद हुई दान राशि भी मिलने लगी। यह घटना सन् 1922 की है।

माफी माँगो सेनापति

छत्रपति शिवाजी की सेना शत्रुओं को हराकर लौट रही थी। रात का समय था। रास्ते में बिलारी रियासत का एक नगर आया। मराठा सैनिक उस नगर में घुस गए। वहाँ लूट-पाट मचाने लगे। बिलारी राज्य के सैनिकों ने उन्हें ऐसा न करने को कहा, तो वे मरने-मारने पर उतारू हो गए। बिलारी के सैनिक भी कम बहादुर नहीं थे। वे मराठा सैनिकों से लड़ने लगे। जल्दी ही उन्होंने मराठा सैनिकों को शहर से बाहर खदेड़ दिया।

मराठा सेनापति था साकूजी गायकवाड़। उसे इस घटना का पता चला। क्रोध में आकर वह बिलारी दरबार में पहुँचा। उसने धमकी दी, "हम इस अपमान का बदला लेकर रहेंगे।"

रानी सावित्री देवी बोलीं, "हमारा राज्य छोटा भले ही है, किंतु हम अपने स्वाभिमान के लिए मर-मिटना जानते हैं।" सेनापति के अविवेक ने कहर ढाया। उसके आदेश से लौटते सैनिकों ने बिलारी रियासत पर हमला बोल दिया। लूट-पाट भी की।

यह सब देखकर रानी सावित्री देवी को बहुत दुःख हुआ। वह शिवाजी के सम्मुख गईं।

असमय रानी को सामने देखकर शिवाजी भौचक्के रह गए। उन्होंने उठकर रानी का सत्कार किया। फिर पूछा, "कहिए, देवी कैसे आना हुआ? मेरे योग्य सेवा बताइए?"

"सेवा आप बताइए। आपके सैनिकों ने मेरे राज्य पर अकारण हमला करके मुझे पराजित और अपमानित किया है।" कहते हुए रानी ने सेनापति

और सैनिकों के अत्याचार की बात शिवाजी को बता दी। उनकी आँखें छलछला आई थीं।

शिवाजी ने रानी सावित्री देवी से क्षमा माँगी। फिर सेनापति से बोले, "सेना ने जो धन लूटा है, सब लौटा दिया जाए। तुम अपने किए की सबके सामने क्षमा माँगो। तुम्हारे लिए यही दंड है।"

अन्धा, बहरा और मृत

योगी गोपीचन्द शिष्यों के साथ सद्विचारों का प्रचार करते हुए गाँवों में भ्रमण कर रहे थे। वे ग्रामीणों के बीच पहुँचकर उन्हें सरल-सात्विक जीवन बिताने, अपने कर्त्तव्य का पालन करते हुए भगवान का भजन करते रहने की प्रेरणा दिया करते थे।

एक गाँव में पहुंचने से पहले किसी ने उनसे कहा, "उस गाँव के मुखिया से जाकर मिलना। वह गृहस्थी होते हुए भी संत है।" संत गोपीचन्द उससे मिलने को उत्सुक हो उठे। किसी ने बताया कि सामने उस मुखिया का खेत है। खेत में काम कर रहे व्यक्ति से उन्होंने पूछा, 'मुखिया कहाँ मिलेंगे।" उसने उत्तर दिया, 'वह निपट बहरे हैं। उनसे मिलकर क्या करोगे।" गाँव में कुछ आगे बढ़े तो एक लड़की आती दिखाई दी। संत गोपीचन्द ने उसे पूछा तो बोली, "मुखिया मेरे पिता हैं। उनसे मिलकर क्या करोगे वे तो निपट अंधे हैं।"

गोपीचन्द ने सोचा जो व्यक्ति अन्धा-बहरा होते हुए भी विख्यात है उस अनूठे व्यक्ति से जरूर मिलना चाहिए। वे पता लगाते-लगाते घर जा पहुँचे। आवाज लगाई। पत्नी घर से बाहर आई। संतों को देखकर बोली, "उनसे मिलकर क्या करेंगे? वे हैं तो किन्तु मृतक के समान हैं।"

मुखिया ने बाहर झाँका तो संतों को देखते ही उनके पास आए। संत गोपिचन्द ने पूछा, "यह पहेली क्या है? कोई कहता है आप अन्धे हैं तो कोई बहरा बताता है।"

वे बोले, "मैं किसी की निन्दा-बड़ाई नहीं सुनता। अतः मुझे लोग बहरा

बताते हैं। मैं किसी के दोष को, पराये धन को नहीं देखता लोग अन्धा बताते हैं। मैं सांसारिक प्रवृत्तियों से उदासीन रहता हूँ तो पत्नी मुझे मृत समझती है।"

संत गोपीचन्द इस अनूठे सद्गृहस्थ के सामने नतमस्तक हो उठे।

(गोपीचन्द कथा सागर)

अनूठा धन

एक दिन भगवान महावीर प्रवचन कर रहे थे। उन्होंने कहा, "सांसारिक धन हमेशा पास नहीं रहता। उसे कोई भी छीन सकता है। पद, पति, पत्नी सब एक दिन साथ छोड़ सकते हैं। देह भी एक-न-एक दिन साथ छोड़ ही जाता है। अतः ऐसे शाश्वत धन की प्राप्ति का प्रयास करना चाहिए जो सदैव साथ रहे।"

दर्शनार्थियों के बीच उस दिन सम्राट प्रसेनजित भी साधारण वेश में बैठे भगवान का प्रवचन सुन रहे थे। प्रवचन के बाद वे महावीर के पास पहुँचे। परिचय देकर कहा, "मैं अपने को सर्व सुख सम्पन्न मानने के भ्रम में था। आपके उपदेश के अनुसार तो मेरा साम्राज्य, धन, सम्पत्ति, पत्नी, नौकर-चाकर सब एक दिन साथ छोड़ जाएँगे। आप उस अनूठे धन की प्राप्ति का उपाय बताएँ जो हमेशा साथ रहता है।"

महावीर ने कहा, "किन्तु सम्राट, उसे पाना सहज सरल नहीं है। अनूठी क्षमता व इच्छा शक्ति से ही वह प्राप्त किया जा सकता है।"

राजा प्रसेनजित ने कहा, "भगवान, मैं इस समय पूर्ण क्षमतावान हूँ। आप मुझे उसका नाम व अता-पता बताएँ तो सहीं, मैं उसे कैसे भी प्राप्त करके रहूँगा।"

महावीर बोले, "वह शाश्वत धन सांसारिक वस्तु नहीं है कि तुम उसे फौज के बल पर जाकर ले आओ। वह अनूठा धन ध्यान है। ध्यान का अभ्यास होते ही सन्तोष स्वतः प्राप्त हो जाता है। फिर धन, सम्पत्ति की जरूरत ही महसूस नहीं होती।"

राजा उपदेश का सार समझ गया। वह जान गया कि ध्यान व संतोष से बड़ा धन दूसरा नहीं है।

(जैन कथाएँ)

ज्ञान से भी श्रेष्ठ है कर्म

संत जरथुस्त्र का जन्म ईरान के राजवंश में हुआ था। 15 वर्ष की अवस्था में ही जरथुस्त्र ने संसार से विरक्त होकर ध्यान उपासना का मार्ग ग्रहण किया, अहिरमन नामक एक दुर्व्यसनी ने उन्हें डिगाने का बहुत प्रयास किया, किन्तु वे धर्म मार्ग पर अड़िग चलते रहे। ईरान में उन दिनों वैदिक संस्कृति का प्रभाव था। वैदिक कालीन देवता इन्द्र की कहानियाँ वहाँ प्रचलित थी। जरथुस्त्र ने जगह-जगह जाकर धर्म का, सदाचार का, सत्य-अहिंसा का प्रचार किया। वैक्ट्रिया के राजा ने उनके सदाचार के विचारों से प्रभावित होकर उन्हें गुरु माना।

एक दिन एक जिज्ञासु उनके पास पहुँचा। उसने प्रश्न किया, "क्या ज्ञान प्राप्त करने मात्र से मानव का कल्याण संभव है।"

जरथुस्त्र ने उत्तर दिया, "शैतान, या गलत मान्यताओं से बचने के लिए ज्ञान आवश्यक है। सच्चा ज्ञान ही विभिन्न प्रकार के भ्रमों व आडम्बरों से बचाने का साधन है।" उन्होंने आगे कहा, "किन्तु केवल ज्ञान से सर्वांगीण विकास

असंभव है। जीवनयापन के लिए सेवा-परोपकार के लिए कर्म करना बहुत आवश्यक है। कर्मनिष्ठ व्यक्ति ही अपना, समाज का तथा राष्ट्र का भला कर सकता है।"

कुछ क्षण रुककर संत जरथुस्त्र ने पुनः कहा, "श्रेष्ठ ज्ञान उन्हें प्राप्त होता है, जो ईश्वर के लिए कार्य करते हैं, तथा श्रेष्ठ कर्म का सुफल उन्हें मिलता है जो नम्र तथा सेवा भाव से कर्मरत रहते हैं।"

संत जरथुस्त्र ने संयम व सदाचार को बहुत महत्त्व दिया। उनके अनुयायी पारसी धर्म का कड़ाई से पालन करते थे। अग्नि को वे साक्षात देवता मानते थे। उनका मत था कि संयम व सदाचार रूपी अग्नि देवता समस्त बुराइयों को भस्म करने की सामर्थ्य रखते हैं।

तलवार और धन को नहीं स्वीकारा

मिस्र में नकिबेन नामक राजा थे। उन्होंने हर स्थिति में सत्याचरण का दृढ़ संकल्प लिया हुआ था। वे प्रायः अपने मंत्रियों से कहा करते थे कि सदाचार से बड़ा कोई धर्म नहीं है। अपनी आय में से कुछ अंश दूसरों की सेवा में लगाना राजा का परम धर्म है।

नकिबेन के सत्याचरण पर दृढ़ रहने से देवता बहुत प्रसन्न हुए। नील देवता ने प्रकट होकर राजा को तलवार देते हुए कहा, "इससे तू विश्व विजयी होगा। संसार भर के राज्यों का शासक बन जाएगा।"

राजा ने कहा, "मुझे तलवार नहीं चाहिए। मैं रक्तपात करके अपने राज्य का विस्तार करना अधर्म मानता हूँ।"

नील देवता ने पारस पत्थर देते हुए कहा, "इससे तू असीमित सोना प्राप्त कर माला-माल बन जाएगा।" राजा ने उसे अस्वीकार करते हुए कहा, "असीमित धन विपत्तियों का कारण बनता है। मैं विपत्तियों को आमंत्रण क्यों दूँ?"

देवता ने पूछा, "क्या तुझे स्वर्ग की सबसे सुन्दर अप्सरा स्वीकार होगी?"

राजा नकिबेन ने कहा, "मैं अपनी कर्तव्यनिष्ठ व संतोष की मूर्ति रानी से पूर्ण संतुष्ट हूँ। अप्सरा को लेकर मैं परिवार में कलह क्यों उत्पन्न करूँ? यह भी मुझे स्वीकार नहीं है।"

नील देवता ने एक पुष्प का पौधा दिखाते हुए कहा, "यह बड़ा होते ही सुन्दर-सुगन्धित पुष्पों से अच्छादित हो जाएगा। इसकी सुगन्ध से जड़-चेतन, शत्रु, मित्र सब आनन्द प्राप्त कर तुझे धन्यवाद देंगे।"

राजा ने दोनों हाथों से पुष्प-पौधे को स्वीकार करते हुए कहा, "हाँ, यह मुझे सर्वाधिक संतोष देने वाला सिद्ध होगा। सभी इसकी सुगन्ध से लाभ उठाएँ, यही मेरी आकांक्षा है।"

गुरु नानक की अनूठी प्रेरणा

गुरु नानकदेव जी महाराज जगह-जगह पहुँचकर भगवन्नाम का जप करने, सभी से प्रेम करने, किसी का दिल न दुखाने का उपदेश दिया करते थे। वे अन्धविश्वास और आडम्बर त्यागकर निश्छल हृदय से भगवान का सुमिरन करने की प्रेरणा दिया करते थे।

एक बार गुरु जी शिष्यों के साथ बगदाद गए। उन्हें पता चला कि बगदाद का खलीफा गलत तरीके से धन-सम्पत्ति के संचय में लगा रहता है। वह लोगों के साथ क्रूरता का व्यवहार कर धन वसूलवाता है। एक गरीब व्यक्ति ने जब उनके सामने अपने उत्पीड़न की घटना सुनाई तो गुरुजी का हृदय दुःखित हो उठा।

खलीफा को जब पता चला कि पंजाब के एक सिद्ध फकीर बगदाद आए हुए हैं, तो वह उनके दर्शनों के लिए पहुँचा। गुरुजी ने एक कोने में रखे हुए कंकरों की ओर संकेत कर खलीफा से कहा, "इन्हें अपने साथ ले जाओ। सुरक्षित रखे रखना। कयामत के दिन खुदा के दरबार में इन्हें अपने साथ ले आना। मैं भी तब तक वहाँ पहुँच जाऊँगा। मुझे इन्हें वापस कर देना।"

खलीफा बोला, "क्या आदमी खुदा के घर जाते समय कुछ साथ ले जा सकता है। वहाँ तो खाली हाथों ही जाना पड़ता है।"

गुरुजी ने कहा, 'खलीफा, जब तुम यह जानते हो कि खुदा के यहाँ खाली हाथ जाना पड़ता है, तो गरीबों पर जुल्म करके धन इकट्ठा क्यों करते हो। यदि इकट्ठी करनी है तो नेकी का संचय करो। नेकी, अच्छे काम ही आदमी को खुदा तक पहुँचाने में सहायक होते हैं।"

गुरु जी के चन्द शब्दों ने खलीफा को बदल डाला। उसने उसी दिन से अत्याचार बन्द कर दिए।

तलवार नहीं उठी

राजगृह में 'कारू कसूरी' नामक कसाई रहता था। वह भैंसे आदि पशुओं की हत्या कर, माँस बेचकर काम चलाता था। राजगृह में बौद्ध संत आते रहते थे। वह कभी-कभी उनके दर्शनों के लिए भी चला जाता था। संत अहिंसा को सर्वोपरि धर्म बताकर किसी भी प्रकार की हिंसा न करने की प्रेरणा दिया करते थे। कारू कसूरी कह दिया करता था, "मैं अपने पुरखों के धन्धे को कैसे छोड़ूँ।"

एक दिन कारू ने एक मोटे तगड़े भैंसे के सिर पर तलवार चलाई तलवार छिटक कर उसके पास खड़े बेटे सुलस के पैर में जा लगी। बालक दर्द से कराह उठा। पिता ने यह देखा तो सोचा, "जब बेटे को मामूली चोट से इतनी पीड़ा हुई है, तो निरीह पशु पर क्या बीतती होगी? कारू कसाई ने पशु वध बन्द कर दिया। कुछ दिन बाद अन्य साथियों के उकसावे में आकर फिर वध करने लगा।

कारू कसाई की मृत्यु का समय आया तो उसने अपनी तलवार अपने बेटे सुलस को सौंप दी। कसाइयों की पंचायत ने सुलस को परिवार का मुखिया बनाने की रस्म अदा की। उससे कहा गया, "कुलदेवी की प्रतिमा के समक्ष भैंसे की बलि दो।" सुलस का हृदय वध के समय पशुओं की छटपटाहट देखकर द्रवित हो उठता था। उससे तलवार नहीं उठी। कसाइयों के मुखिया ने दोबारा उससे कहा, "बेटे यह हमारी कुल परम्परा है, देवी को प्रसन्न करने के लिए रक्तदान करना ही पड़ता है।" सुलस ने भैंसे की जगह अपने पैर पर तलवार का वार कर दिया पैर से खून बहने लगा। उस परिवार में उस दिन से पशु वध करना बंद हो गया।

धन ही तो बाधा है

गोपाल्लव नामक सेठ हर समय धनार्जन की जुगाड़ में लगा रहता था। जैसे-जैसे धन सम्पत्ति बढ़ती जाती कि उसकी आकांक्षाएँ-इच्छाएँ भी बढ़तीं। उसने धन को परोपकार व धर्म कार्यों में खर्च नहीं किया। न कभी भगवान की भक्ति व सत्संग में रुचि रही। नगर के लोग धन के प्रति अत्यधिक आसक्ति देखकर उसे 'धन-पिशाच' कहने लगे थे।

भोग-विलास व ऐश्वर्य ने गोपाल्लव को अनेक शारीरिक बीमारियों से ग्रस्त कर दिया। असाध्य रोग से बीमार होने पर वह सोचने लगा कि तूने कभी अच्छा कर्म नहीं किया। भगवान की पूजा-उपासना नहीं की। अंतिम समय में असीमित धन का क्या होगा? इसी चिंता में शैय्या पर लेटे सेठ को किसी के मधुर कंठ से भगवान के भजन गाने की ध्वनि सुनाई दी। भजन में कहा गया था कि मरते समय न बेटे-पोते साथ देते हैं, न धन-सम्पत्ति साथ जाती है। केवल भगवान की भक्ति व सत्कर्म ही कल्याण करते हैं। सेठ ने सेवक से कहा, "बाहर बैठकर भजन गाने वाले को मकान के अन्दर बुला लाओ।"

उसने कहा, "यह कोई संगीतकार नहीं है। मोची है, वह जूते गाँठते मस्ती में भगवान की प्रशस्ति में गीत गाता है।"

"कोई बात नहीं उसे ही अन्दर ले आओ।"

"अच्छी बात है।"

इस प्रकार सेठ ने उसे आदर सहित अन्दर बुलवाया, विनम्रता के साथ उसे स्वर्ण मुद्रा देते हुए कहा, "तुम्हारे मधुर कंठ से गाये गये गीत ने मुझे

बहुत शांति प्रदान की है। कल फिर आकर गीत सुनाना। इनाम दूँगा।" तीन दिन बाद मोची सेठ के पास आया। स्वर्ण मुद्रा लौटाते हुए कहा, "इस स्वर्ण मुद्रा की रक्षा की चिन्ता में मैं भगवान के भजन व मस्ती से विमुख हो गया। सम्पत्ति व धन के रहते वह अनूठा आनन्द मिलना असंभव है।"

मोची के शब्दों ने सेठ गोपाल्लव का विवेक जगा दिया। उसने अपनी तमाम सम्पत्ति गरीबों में वितरीत करा दी तथा भगवान की भक्ति में लग गया, और उसका शरीर नीरोग हो गया।

श्रमदान का चमत्कार

मगध राज्य में लगातार कई वर्षों तक वर्षा न होने के कारण अकाल पड़ा। खेतों को पानी न मिल पाने के कारण फसलें नष्ट हो गईं। खाद्यान्न के अभाव में असंख्य लोगों को काल का ग्रास बनना पड़ा। सम्राट चन्द्रगुप्त ने परिषद की बैठक बुलाई। महामंत्री कौटिल्य ने सुझाव दिया कि राजकोष के बाहर से खाद्यान्न मंगवाकर लोगों के प्राणों की रक्षा की जाए। साथ ही जगह-जगह यज्ञ कराए जाएँ। राजधानी पाटलिपुत्र में विशाल यज्ञ कराया जाये। वरुणदेव व माँ अन्नपूर्णा को यज्ञों के माध्यम से प्रसन्न करके ही इस भीषण आपदा से छुटकारा पाया जा सकता है।

विशाल यज्ञ की तैयारी शुरू की गई। अनेक यज्ञाचार्यों व कर्मकाण्ड में निष्णात पंडितों की उपस्थिति में यज्ञ प्रारंभ हुआ। यज्ञ की पूर्णाहुति के बाद राजा और रानी ने बंजर धरती पर हल चलाया। लाखों व्यक्तियों ने देवी-देवताओं की जय-जयकार से आसमान गुँजा डाला। आचार्य कौटिल्य ने कहा, "राजन्, यज्ञ के माध्यम से हमने भगवान व देवी-देवताओं को संतुष्ट कर लिया है। अब निश्चित रूप से वरुणदेव के मेघ वृष्टि करने में सक्षम होंगे, किन्तु स्थायी समाधान के लिए हमें नदी से खेतों में पानी पहुँचाने के लिए श्रमदान करके नहर का निर्माण करना चाहिए।

सम्राट ने कुदाल उठाई और नहर खोदने लगे। प्रजा भी श्रमदान में लग गई। कुछ ही दिनों में नहर का विस्तार होने लगा और नहर के माध्यम से खेतों में पानी पहुँचने लगा। श्रमदान से खुदी नहर ने ऐसा करिश्मा किया कि खेतों ने अन्न उगलना शुरू कर दिया। पूरा मगध राज्य तरह-तरह के खाद्यान्नों के उत्पन्न होने के कारण खुशहाल होने लगा। अकाल से स्थायी मुक्ति मिल गई।

पाप की कमाई

बड़ौदा (गुजरात) के शेखड़ी गाँव में संत रविसाहेब एक आश्रम में रहते थे। वे ग्रामीण बच्चों को पढ़ाते, जड़ी-बूटियों से औषधि बनाकर बीमारों का इलाज करते तथा शेष समय भगवान की भक्ति उपासना में लगाते थे। दूर-दूर से भक्तजन उनके दर्शन सत्संग के लिए आया करते थे।

उस क्षेत्र में कबाजी नामक डाकू का बहुत आतंक था। एक दिन उसके हृदय में संत रविसाहेब के दर्शनों की लालसा जागी। वह साधारण वेश में आश्रम में पहुँचा। संत जी के मुख से भगवान की भक्ति का भजन सुनकर मस्त हो गया। उसने संत जी को बीमार की सेवा करते देखा, तो उनके प्रति और श्रद्धा बढ़ गई, उसने निर्णय लिया कि वह समय-समय पर संत जी का सत्संग किया करेगा।

एक दिन नवविवाहिता वर-कन्या संतजी का आशीर्वाद लेने जा रहे थे। रास्ते में किसी दूसरे डाकू ने उन्हें लूटने का प्रयास किया। कबाजी ने कड़कती आवाज में कहा, "ये दोनों संत महाराज का आशीर्वाद लेने जा रहे हैं। इन्हें लूटा तो तलवार से मार डालूँगा।" कबाजी स्वयं दोनों को सुरक्षित आश्रम तक छोड़कर आया। एक दिन कुछ संत कीर्तन करते हुए शेखड़ी की ओर जा रहे थे। डाकू कबाजी समझ गया कि संत मंडली संत रविसाहेब के आश्रम जा रही है। कबाजी ने सोचा इन संतों की सेवा के लिए धन व भोजन लेकर जाना चाहिए। वह पकवान, मिठाई व धन लेकर आश्रम में जा पहुँचा। संत जी को किसी ने बता दिया कि यह कबाजी डाकू हैं। संत जी ने कहा, "कबाजी, तू लूटमार करके, निर्दोषों की हत्या करके धन इकट्ठा करता है। हम तेरे इस अपवित्र धन से बने भोजन को स्पर्श भी नहीं करेंगे। पापपूर्ण कमाई के भोजन से हमारी भी बुद्धि भ्रष्ट हो जायेगी। तू सब सामान वापस ले जा।"

संत के शब्दों ने ऐसा जादू किया कि कबाजी ने तलवार उनके चरणों में डाल दी तथा बोला, "बाबा, आज से मैं लुटपाट नहीं करूँगा। संत-महात्माओं की सेवा व भजन में जीवन बिताऊँगा।"

संतजी ने उसे हृदय से लगा लिया।

बंकिमचन्द्र चटर्जी की निर्भीकता

'वन्देमातरम्' तथा आनन्दमठ के रचयिता बंकिमचन्द्र चटर्जी की विद्वत्ता तथा प्रतिभा से प्रभावित होकर अंग्रेज सरकार ने उन्हें मजिस्ट्रेट तथा न्यायधीश नियुक्त किया था। मजिस्ट्रेट के पद पर रहते हुए उन्होंने जनता पर अत्याचार के आरोप में अनेक गोरे अफसरों को दंडित कर जेल भेजकर निर्भीकता व निष्पक्षता का परिचय दिया था। उन्होंने एक बार अपने कक्ष में पिस्तौल सहित एक गोरे अफसर को पकड़कर पुलिस को सौंपा था।

बंकिम बाबू के एक मित्र ने संन्यास ले लिया। वे गृहस्थ त्यागकर गेरूवा वस्त्र पहन कर रहने लगे। एक दिन अचानक वे मजिस्ट्रेट बंकिम बाबू के निवास स्थान पर पहुँचे। उन्होंने संन्यासी के नाते खड़े होकर उनका सम्मान किया तथा आदर से बिठाया। धर्म सम्बन्धी चर्चा करने लगे। मौका पाते ही संन्यासी ने कहा, "मैं अपने एक रिश्तेदार के किसी कार्य के लिए आपसे सिफारिशी पत्र चाहता हूँ।" यह सुनते ही बंकिम बाबू ने कहा, "आप गृहस्थ त्यागकर संन्यासी बने हैं। अब भला आपको किसी रिश्तेदार के हित की चिन्ता क्यों सताई? संन्यासी का तो केवल भगवान से नाता होना चाहिए। सांसारिक प्रपंचों में न पड़कर केवल भक्ति-साधना में लगो। यही संन्यासी की सार्थकता है।"

बंकिम बाबू के शब्द सुनकर उन्हें पसीना आ गया। उन्होंने कभी भी अपने पद का दुरुपयोग नहीं किया।

बंकिम बाबू ने 'आनन्द मठ' लिखा तो अंग्रेज अधिकारी कुपित हो उठे। बंकिम बाबू झांसी की रानी-लक्ष्मीबाई को लेकर उपन्यास लिखना चाहते

थे। उन्होंने एक मित्र से कहा, “मैं इतिहास की इस तेजस्वी वीरांगना पर लिखना चाहता हूँ, किन्तु जब ‘आनन्द मठ’ से ही गोरे साहब बिगड़े हुए हैं तो इसे कैसे सहन करेंगे।”

माँ शारदा का अनूठा प्रभाव

माँ शारदा उन दिनों जयरामबाटी स्थित अपने पीहर में रह रही थीं। उनकी इच्छा हुई कि गाँव से कोलकाता जाकर गंगा स्नान तथा पति स्वामी रामकृष्ण परमहंस के दर्शन किये जाएँ। कुछ ग्रामीण गंगा स्नान के लिए कोलकाता जाने वाले थे। वे भी कुछ महिलाओं के साथ पैदल ही रवाना हो गईं।

रास्ते में तेलो-मेलो नामक भयानक जंगल पड़ता था। बागड़ी डाकू रास्ते में चलते यात्रियों को लूट लेते थे। माँ शारदा चलते-चलते थक गईं तथा एक वृक्ष के नीचे बैठकर विश्राम करने लगीं। अचानक तीन-चार डाकुओं ने उन्हें आ घेरा। एक ने कड़कड़ाती आवाज में पूछा, "तुम्हारे साथी कहाँ हैं। कहाँ की रहने वाली हो। तुम्हारे पास जो सामान हो सामने रख दो।"

शारदा माँ काली की परम भक्त थी। फिर भला वह भयभीत क्यों होती। उन्होंने हँसते हुए उस डाकू सरदार बागड़ी से कहा –

"पिताजी, मैं जयरामबाटी के रामचन्द्रजी की बेटी हूँ। आपका जंवाई दक्षिणेश्वर के काली मंदिर का पुजारी है। उनके पास जा रही हूँ।"

सरदार युवती की निर्भीकता व तेजस्वी व्यक्तित्व से प्रभावित हुआ। 'पिताजी' शब्द ने उसे झकझोर डाला। बागड़ी उसे पास में ही अपने घर ले गया। पत्नी से बोला –

"हमारे कोई सन्तान नहीं है। भगवान ने हमें यह सुन्दर पुत्री दी है।"

पूरे घर में खुशी की लहर दौड़ गई। परिवार के लोगों ने उन्हें भोजन कराया। कुछ देर आराम करने के बाद माँ शारदा ने कहा –

“बाबा, यदि मैं कोलकाता नहीं पहुँचूंगी, तो तुम्हारे जंवाई को बहुत चिन्ता हो जाएगी, मुझे जल्दी-से-जल्दी वहाँ पहुँचवा दें।”

बागड़ी ने कहारों से पालकी मंगवाई। हरी मटर, चिवड़ा व बताशे विदाई में दिये। सरदार बागड़ी स्वयं पालकी के साथ मंदिर तक पहुँचाने गया, उसका हृदय परिवर्तन हुआ तथा उसने डाके डालना बन्द कर खेती कर गुजर-बसर शुरू कर दी।

अपवित्र तो मैं हूँ

रामानुज शास्त्रों के परम ज्ञाता तथा भावुक भगवद्भक्त थे। युवावस्था में ही घंटों-घंटों शास्त्रों का अध्ययन करते थे। प्रतिदिन मंदिर की परिक्रमा करते थे। नदी किनारे बैठकर भगवान की साधना में घंटों-घंटों तक लीन रहते थे।

एक दिन पहले की तरह मंदिर पहुँचे। मंदिर की परिक्रमा में लग गये। तमिल में रचा गया भगवान का भजन गाते-गाते परिक्रमा करने लगे। शरीर की सुध-बुध भूलकर परिक्रमा देते रहे। अचानक मैले-कुचैले कपड़े पहने एक महिला सामने आ गई। वह आगे-आगे परिक्रमा करने लगी। न जाने क्या हुआ कि रामानुज का अहंकार हावी हो गया। भगवान के भजन गाने में जो शान्त मुद्रा थी, वह भंग हो गई। उन्हें लगा कि यह महिला बिना नहाये-धोये आई होगी। स्नान करके आये एक धर्मनिष्ठ ब्राह्मण युवक के आगे-आगे उसे नहीं चलना चाहिए। वे क्रोध में भर कर बोले, "पवित्र मार्ग को क्यों अपवित्र कर रही हो, दूर हट यहाँ से।"

रामानुज के शब्द सुनते ही महिला ठिठक कर खड़ी हो गई। धीरे से उसने कहा 'आप पवित्र हैं, भगवान का यह मंदिर पवित्र है, भक्तों के चरणों के कारण इस मार्ग की धूल भी पवित्र हो गई है। फिर मैं अपनी अपवित्रता को लेकर कहाँ जाऊँ, आप ही बताएँ?"

महिला के शब्दों ने रामानुज को झकझोर डाला। उन्होंने हाथ जोड़कर कहा, "मां, तू ठीक कहती है। वास्तव में मैंने तुझ जैसी निश्छल स्त्री को अपवित्र कहकर घोर अधर्म किया है। मैं तेरे मन की भक्ति की पवित्रता को नहीं पहचाना। तूने तो मेरे मन व हृदयता की अपवित्रता ही दूर कर दी।"

गालियाँ अपने पास रख

भगवान बुद्ध धर्म का उपदेश देते हुए मगध देश के एक गाँव में पहुँचे। गाँव का मुखिया दुर्व्यसनों, मांस-मदिरा आदि में लिप्त रहता था। देवी को प्रसन्न करने के नाम पर मूक पशुओं का वध कराया करता था। बुद्ध ने उपदेश में हिंसा व दुर्व्यसनों का विरोध किया, तो वह आग बबूला हो उठा। उसने गाँव वालों से कहा, "इस साधु और इसकी मंडली को कोई भिक्षा न देना।" बुद्ध को इसकी भनक लग गई। वे भिक्षा माँगने मुखिया के घर ही जा पहुँचे। मुखिया ने उन्हें देखते ही क्रोध में अपशब्द कह डाले। बोला, "भीख माँगते हुए लज्जा नहीं आती। धर्म के नाम पर लोगों को मूर्ख बनाते हो।"

बुद्ध ने मुस्कुराते हुए कहा, "वत्स हम दुर्गुण दूर कर सद्गुण ग्रहण करने का उपदेश देते घूमते हैं। दुर्व्यसन, अहंकार, घृणा त्यागकर सत्कर्म करो, तभी मानव जीवन सफल होगा।"

बुद्ध के वचनों का उस पर कोई प्रभाव नहीं पड़ा। उसने चिल्लाकर कहा, "भिखमंगे, तू यह नहीं जानता कि किसके सामने खड़ा है। मैं गाँव मालिक हूँ। तू मुझे उपदेश देने का ढोंग न कर। तुझे उपदेश देता हूँ, यहाँ से निकल जा। इसी में तेरी भलाई है।"

महात्मा बुद्ध ने धैर्य के साथ कहा, "मैं तुम्हारे पास भिक्षा माँगने आया था, "तूने उसके बदले गालियां दीं। मैं इन गालियों को स्वीकार नहीं करता, इन्हें तू अपने ही पास संजो कर रख।" बुद्ध के शब्दों ने उसके हृदय को झकझोर डाला। वह समझ गया कि यह मामूली फकीर नहीं है। वह उनके चरणों में गिरकर क्षमा माँगने लगा। कहा, "मेरे कल्याण का रास्ता सुझाओ।"

बुद्ध ने कहा, 'निरीह पशुओं की हत्या घोर पाप है। मांस, मदिरा सेवन से बुद्धि भ्रष्ट होती है। अहंकार आता है। अहिंसा व सत्य का पालन करना, दया भावना रखना ही कल्याणकारक है।" वह उनका अनुयायी बन गया।

भगवान बुद्ध की विशाल हृदयता

भगवान बुद्ध धर्म का प्रचार करते हुए पावापुरी पहुँचे। चुंद कुम्मारपुत्र ने उन्हें भोजन कराया। भोजन में कुछ ऐसे अभक्ष पदार्थ थे, जिन्हें खाते ही उनके पेट में मर्मान्तक पीड़ा होने लगी। उन्हें रक्तस्राव भी होने लगा। उनके कुछ

शिष्यों ने इस बात पर आक्रोश व्यक्त किया कि चुंद कुम्मारपुत्र ने भोजन में तीखा व अभक्ष पदार्थ क्यों दिया?"

तथागत का स्वास्थ्य तेजी से गिरने लगा। वे समझ गए कि अब अंतिम समय निकट है। उन्हें आशंका हुई कि कहीं शिष्यगण चुंद कुमारपुत्र को उनके निर्वाण का दोषी करार देकर आक्रोश व्यक्त न करने लगें। उन्होंने आनन्द से कहा, "तुम तुरन्त कुमारपुत्र के पास जाओ। उससे कहना कि उसके द्वारा कराए गए भोजन के कारण ही उन्हें परिनिर्वाण का लाभ हुआ है। अतः वे उसके प्रति आभारी हैं।"

शिष्यगण तथागत की विशाल हृदयता देखकर दंग थे।

उन्होंने कुशीनगर पहुँचकर घोषणा कर दी, "अब मैं सबसे विदा हो रहा हूँ। सब शोक रहित होकर सत्कर्मों के उपदेश के प्रचार-प्रसार में लगे रहो। धर्म और विनय के आचरण से ही प्राणी मात्र का कल्याण संभव है।"

आनन्द की उपस्थिति में सभी शिष्यों ने मन-ही-मन उनके अधूरे कार्य को पूरा करने का संकल्प ले लिया।

पहले बलिष्ठ बनो

स्वामी विवेकानन्द की ख्याति उन दिनों तेजी से बढ़ रही थी। प्रायः प्रतिदिन उनके सत्संग के लिए लोगों का ताँता लगा रहता था।

कुछ लोग उनके विदेश भ्रमण के रोचक संस्मरण सुनने को उत्सुक रहते थे, कुछ उनसे भक्ति व भगवान के सम्बन्ध में जानने की लालसा लेकर आया करते थे।

एक दिन एक दुबला पतला युवक कोलकाता में स्वामी जी के पास आया। चरणों में साष्टांग प्रणाम करने के बाद बैठ गया। बोला, "महाराज, मैं आपसे गीता के उपदेश के विषय में जानने आया हूँ। गीता का सार समझाने की कृपा करें।"

स्वामी जी ने उसके पतले-दुबले शरीर पर दृष्टि डालते हुए कहा, "छह माह तक प्रतिदिन दो घन्टे फुटबाल खेलो। फिर आना गीता पढ़ाऊँगा।"

युवक ने स्वामी जी के शब्द सुने तो चकित होकर बोला, "भला गीता और फुटबाल का क्या सम्बन्ध है?"

स्वामी जी ने मुस्कुराते हुए कहा, "बेटा, भगवद्गीता वीरों का, धर्मरक्षकों का शास्त्र है। भगवान श्रीकृष्ण द्वारा अधर्म व अन्याय के विरुद्ध संघर्ष के लिए अर्जुन को तत्पर करने वाले उपदेशों का संकलन है। तुम युवावस्था में भी शरीर से निर्बल दिखाई दे रहे हो।

तुम्हारा चेहरा पीला पड़ा हुआ है। गीता के अधर्म के विरुद्ध संघर्ष किये जाने के मर्म को वही समझ सकता है, जिसका शरीर भी बलिष्ठ हो। अतः सवेरे उठकर, भगवान के स्मरण के बाद दौड़ा करो। खेला करो। नियमित

व्यायाम से शरीर पुष्ट होगा। गीता पढ़ने के बाद यदि अन्याय व अधर्म से संघर्ष का मौका मिला, तो गीता को जीवन में उतार सकोगे।"

स्वामी जी युवकों को सबसे पहले शरीर को पुष्ट बनाने की प्रेरणा दिया करते थे। वे कहा करते थे, "स्वस्थ शरीर वाला ही सद्संकल्प का पालन कर सकता है।"

कुसंग का दुष्परिणाम

ब्राह्मण किशोर भूरिश्रवा को महर्षि ऋचीक के गुरुकुल में विद्या व शास्त्रों के अध्ययन के लिए भेजा गया। ऋचीक अग्रणी तत्वज्ञानी व ब्रह्मनिष्ठ ऋषि थे। वे स्वयं घोर तपस्वी थे। शिष्यों को भी संयम व तप के महत्व से परिचित कराकर सांसारिक प्रपंचों में न पड़ने की प्रेरणा दिया करते थे।

भूरिश्रवा ने विद्या व अध्ययन पूरा किया तो गुरु ने विदा करने से पूर्व उपदेश देते हुए कहा, "वत्स हमेशा सत्पुरुषों के सत्संग व तप में रत रहना। गृहस्थ आश्रम में प्रवेश करने के बाद भी संयम का निरन्तर पालन करना। माता-पिता की सेवा व पत्नी के साथ विनम्र व्यवहार ही गृहस्थ जीवन को सुखमय बनाने का साधन है। संयम, सत्संग रूपी तप ही पथभ्रष्ट होने से बचाता है।"

भूरिश्रवा का शुचिता नामक शीलवान कन्या से विवाह हुआ। कुछ दिन भूरिश्रवा धर्ममय जीवन बिताता रहा। किसी दुर्व्यसनी के संग के कारण संध्या, गायत्री, वेदाध्ययन छूटता गया। धर्म-कर्म छोड़कर वह स्वयं दुर्व्यसनों का शिकार बनने लगा। विदुशी पत्नी शुचिता के समझाने के बावजूद वह तमाम दिन गलत लोगों के साथ अधर्म के कामों में समय गंवाने लगा। चारों ओर उसकी बदनामी होने लगी। नगर के लोग उससे घृणा करने लगे। दुर्व्यसनों के कारण उसका तेज, धन, यश सब गायब हो चुके थे। गुरुदेव आचार्य ऋचीक को किसी से शिष्य की दुर्गति का पता चला तो वे स्वतः एक दिन उसके घर जा पहुँचे। भूरिश्रवा व उसकी पत्नी ने देखते ही चरणस्पर्श कर आदर से बैठाया। आचार्य ने कहा, "वत्स, यदि तुम मुझे दिये वचन पर ध्यान देते तो तुम्हारी यह दुर्गति नहीं होती। अकेले कुसंग

ने तुम्हारा तेज, तप, संयम, यश सब हर लिया है। अभी कुछ नहीं बिगड़ा है। दुष्टजनों का कुसंग त्याग दो। मर्यादा एवं संयम का पालन करो। माँ भवानी तुम्हारा कल्याण करेंगी।"

भूरिश्रवा गुरु के वचन सुनकर रो पड़ा। उसने उसी समय दुष्टों का संग न करने का संकल्प लिया। संयम व तप ने उसे पुनः तेजस्वी व यशस्वी बना दिया।

मुझे महन्त नहीं बनना

दयानन्द सरस्वती ने युवावस्था में बद्री-केदारनाथ के पर्वतीय क्षेत्रों का भ्रमण किया था। वे टिहरी पहुँचे। उनके तेजस्वी व्यक्तित्व से प्रभावित होकर वहाँ के एक प्रतिष्ठित विद्वान ने उन्हें अपने घर भोजन के लिए निमंत्रित किया। वे उसके घर पहुँचे तो देखा कि एक व्यक्ति बकरे का मांस काट रहा है। वे वापस लौटने लगे तो गृहस्वामी ने कहा, "भोजन करके लौटिये।"

उन्होंने कहा, "मैं मांसाहारी के घर भोजन नहीं कर सकता।" वे लौट आए।

गुप्तकाशी में वे ओखी मठ में ठहरे। मठ का महन्त उनसे बातचीत कर समझ गया कि यह तेजस्वी युवक विद्वान व संस्कृत का ज्ञाता है। उसने एक दिन स्वामी जी से कहा, "तुम हमारे शिष्य बन जाओ। हमारे इस मठ के पास अपार भूमि व अन्य सम्पदा है। आगे चलकर तुम इसके स्वामी बन जाओगे। अंसख्य चेले तुम्हारी सेवा को तत्पर रहेंगे।"

दयानन्द जी ने कहा, 'यदि मुझे किसी मठ या सम्पत्ति का मालिक बनने की लालसा होती तो मैं अपने माता, पिता, बन्धु, कुटुम्ब और घर आदि क्यों छोड़ता।"

महन्त ने पूछा, "तो फिर घर-परिवार क्या पाने के उद्देश्य से छोड़ा है?"

उन्होंने उत्तर दिया, 'सत्य, विद्या, योग, मुक्ति, आत्मा आदि का रहस्य जानने के लिए घर छोड़ा है। मैं हिमालय में सच्चे योगियों-साधुओं की तलाश में आया हूँ।" वे सवेरे चुपचाप उठे तथा जोशी मठ जा पहुँचे। उन्होंने अपनी इस यात्रा में अनेक पाखंडी तांत्रिकों तथा निरीह पशु-पक्षियों की बलि देने

वालों का डटकर विरोध किया और जन कल्याण के लिए 'आर्य समाज' की स्थापना की। 'सत्यार्थ प्रकाश' इनका अमर ग्रंथ है।

सत्य का प्रभाव

एक चाण्डाल सन्तों के सत्संग के कारण भगवान की भक्ति में लीन रहने लगा। उसे संगीत में रुचि थी। वह वीणा लेकर मंदिर में भगवान की भक्ति के गीत गाया करता था। उसने प्रतिदिन किसी अपंग व असहाय व्यक्ति की अपने हाथों से सेवा करने का व्रत लिया हुआ था। एक दिन वह व्यक्ति हाथ में वीणा लिये मंदिर की ओर जा रहा था। अचानक उसके शरीर को किसी ने जकड़ लिया। उसने पूछा, "तुम कौन हो मुझे क्यों जकड़ा है?"

उसने उत्तर दिया, "मैं ब्रहन राक्षस हूँ। कई दिनों से भोजन न मिल पाने के कारण भूखा हूँ। तुझे खाकर भूख मिटाऊँगा।"

चाण्डाल भगवान के गुणानुवाद के लिए लालायित था। उसने कहा, "मेरा प्रतिदिन का नियम है कि भगवान को संगीतमय प्रार्थना व गीत सुनाता हूं। मैं अपने आराध्य की उपासना करके लौट आऊं, तब मुझे खा लेना।" राक्षस का हृदय पिघल गया तथा उसने उसे मुक्त कर दिया। चाण्डाल ने भगवान के विग्रह के समक्ष नाच-नाचकर कीर्तन किया। अपने एक मित्र से बोला, "आज आख़िरी भेंट है। मैं राक्षस की भूख मिटाने जा रहा हूँ।" मित्र ने समझाया कि भावावेश में ऐसा पागलपन नहीं करना चाहिए।

उसने कहा, "सत्य सबसे बड़ा धर्म है। मैंने वापस लौटने का वचन दिया है। उसे पूरा अवश्य करूँगा। सत्य से डिगने का प्रश्न ही नहीं उठता।"

चाण्डाल राक्षस के समक्ष उपस्थित होकर बोला, "मैं वापस लौट आया हूँ। मुझे खाकर भूख मिटाओ।" राक्षस उसकी निर्भीकता, सत्य के पालन तथा भगवान की भक्ति के प्रति अनूठी निष्ठा देखकर दंग रह गया। वह

गिड़गिड़ाकर बोला, "यदि तुम मुझे अपने संचित पुण्यों में से एक दिन का पुण्य दे दो, तो मेरे तमाम पाप नष्ट हो जाएँगे। भूल से किये गये पाप कर्म के कारण ही राक्षस योनि को प्राप्त हुआ हूँ। तुम प्रतिदिन उपकार का एक कार्य करते हो। आप मुझे मुक्ति दिला दो।"

"भगवान मेरे पुण्य इसे दे दो।" जैसे ही चाण्डाल ने कहा, तो देखते ही देखते राक्षस की मुक्ति हो गई।

मैं बेसहारा नहीं हूँ

राजा चन्द्रचूड़ धर्मपरायण तथा न्यायप्रिय शासक थे। वे स्वयं वेश बदल कर रात के समय महल से निकलते थे। यदि किसी को निराश्रित देखते तो

चुपचाप उसकी सहायता करने को तत्पर रहते थे। उन्होंने घोषणा की हुई थी कि उनके राज्य में किसी भी निराश्रित तथा अबला महिला का उत्पीड़न सहन नहीं किया जायेगा।

एक दिन राजा को पता लगा कि एक व्यक्ति कुसंगति के कारण दुर्व्यसनी बन गया है। उसने अपनी विवाहित पत्नी को त्यागकर एक अन्य महिला से विवाह कर लिया है। राजा चन्द्रचूड़ ने उसे पकड़कर लाने का आदेश दिया। वह भय के कारण राज्य छोड़कर भाग गया।

एक दिन राजा पीड़ित व असहाय महिला का पता लगाकर मंत्री को साथ लेकर उसके घर जा पहुँचे। महिला की स्थिति देखते ही वे समझ गये कि पति द्वारा ठुकराई गई यह दरिद्रा न जाने कैसे गुजारा करती होगी। राजा ने विनम्रता से प्रश्न किया, "क्या तुम एकाकिनी हो बिल्कुल बेसहारा।"

महिला ने राजा के शब्द सुने तो बोली, "नहीं महाराज। ऐसा बिल्कुल नहीं है। मेरे तो तीन-तीन सहारे हैं।"

राजा ने उसकी आवाज सुनी तो बोले, "वे तीन सहारे क्या हैं तुम्हारे?"

महिला ने कहा, "महाराज मेरे हाथ मेरे सहारे हैं। मेरा धर्म मेरा सहारा है। मेरा भगवान मेरा सहारा है। फिर भला मैं अपने को बेसहारा कैसे कहूँ।"

राजा उस स्वाभिमानी महिला के चरणों में झुक गये। उन्होंने उसे अपनी वाटिका को हरा-भरा रखने का दायित्व सौंप दिया।

रसराज का चोर

अश्विनी कुमार देवताओं के वैद्य थे। देवताओं का असुरों से युद्ध चलता रहता था। इसमें देवता घायल हो जाते। उन्हें स्वस्थ होने में समय लग जाता था। अश्विनी कुमार ऐसी औषधि बनाना चाहते थे, जिसे पीते ही देवता ठीक हो जाएँ। ऐसी औषधि बनाने के लिए अश्विनी कुमार धरती पर आए।

कड़ी मेहनत के बाद उन्होंने ऐसी औषधि तैयार करने में सफलता पा ली। उसे नाम दिया 'रसराज'। अश्विनी कुमारों ने रसराज को एक पात्र में भरा ओर एक गुफा में छिपा दिया। अपनी सफलता से उत्साहित और प्रसन्न अश्विनी कुमार वापस स्वर्ग पहुँचे। वहाँ उन्होंने देवताओं को रसराज के विषय में बताया। देवता भी प्रसन्न हो उठे। सब रसराज के लिए उनसे प्रार्थना करने लगे। अश्विनी कुमारों ने वादा किया कि उपयुक्त समय पर वे हर देवता को रसराज भेंट करेंगे।

तक्षक नाग ने भी रसराज के विषय में सुना। उसे लालच आ गया। वह ढूँढता-ढूँढता उसी गुफा में जा पहुँचा, जहाँ रसराज रखा था। तक्षक उसे पी गया। फिर अश्विनी कुमारों के डर से जाकर पाताल में छिप गया।

उचित मुहूर्त पर देवताओं को रसराज भेंट करने के लिए अश्विनी कुमार गुफा में पहुँचे। परंतु खाली पात्र देखकर ठगे से खड़े रह गए। उन्हें लगा जरूर किसी देवता ने ही रसराज की चोरी की है। वे दुःखी मन से स्वर्ग लौटे। उन्होंने इंद्र को रसराज चोरी हो जाने की बात बताई। कहा, "आप चोर का पता लगाने के लिए अपने दूतों को आदेश दें।"

इंद्र ने कहा, "आप निश्चिंत रहें। मैं चोर को पकड़कर कड़े से कड़ा दंड दूँगा।"

इंद्र के आदेश से रसराज के चोर की खोज शुरू कर दी गई। परंतु दूत यह पता लगाने में असफल रहे कि चोर कौन था।

देवता गुरु बृहस्पति से मिले। दुःखी इंद्र ने रसराज की चोरी की बात बताई। बृहस्पति ने योगबल से तुरंत पता लगा लिया कि तक्षक रसराज का चोर है। उन्होंने इंद्र को उसके छिपने का स्थान भी बता दिया। बस फिर क्या था! देवगण तक्षक को दंड देने पाताल लोक जा पहुँचे। परंतु उनके पहुँचने से पहले ही तक्षक पाताल छोड़कर प्रयागराज पहुँच गया। वहाँ यमुनाकुंड में रहकर शंकरजी का ध्यान करने लगा।

देवगण प्रयागराज पहुँचे। वे तक्षक को कठोर-से-कठोर दंड देना चाहते थे। परंतु कोई देवता तक्षक का स्पर्श तक न कर पाया। सब आश्चर्य से भर उठे। आखिर उन्होंने बृहस्पति का ध्यान किया। वह आए। बोले, "अब आप रसराज प्राप्त होने की आशा छोड़ दें। आप फिर से रसराज का निर्माण करें। तक्षक नाग अब शंकरजी की कृपा और संरक्षण में है। अतः उसका कोई कुछ नहीं बिगाड़ सकता।"

"परंतु यह तो ठीक नहीं है।" इंद्र ने कहा।

"तक्षक को अपनी भूल का पछतावा है। इसीलिए वह भोलेनाथ की शरण में आया है। तक्षक ने अपने अपराध का प्रायश्चित कर लिया। तभी उसे क्षमा मिली।" बृहस्पति ने देवताओं को समझाया।

अक्षयवट (प्रयागराज) के पक्षककुंड का जल रसराज के प्रभाव से अमृत तुल्य बन गया। तक्षककुंड के जल में विष दूर करने की शक्ति पैदा हो गई। तक्षक की शिव आराधना का स्थल होने के कारण वह स्थान 'तक्षकेश्वरनाथ महादेव' कहलाने लगा।

आत्मकल्याण का साधन

महर्षि कात्यायन धर्मशास्त्रों का नित्य अध्ययन किया करते थे। उन्होंने विभिन्न नीति ग्रन्थों का भी स्वाध्याय किया था। एक दिन चिन्तन करते-करते उन्होंने अनुभव किया कि विभिन्न शास्त्रों में आत्मकल्याण के अलग-अलग साधन बताए गए हैं। कोई शास्त्र कहता है कि ज्ञान के माध्यम से आत्मकल्याण संभव है, तो कोई जप-तप व भक्ति को आत्मकल्याण का साधन बताता है। उनका हृदय शंकाग्रस्त हो उठा।

एक दिन उन्हें देवर्षि नारद जी के दर्शनों का सौभाग्य प्राप्त हुआ। उन्होंने सत्संग के दौरान नारद जी के समक्ष जिज्ञासा प्रस्तुत करते हुए पूछा, "भगवन् आत्मकल्याण के विभिन्न साधन शास्त्रों में बताये गये हैं। कोई कहता है कि ज्ञान से कल्याण होगा, तो कोई भक्ति-पथ पर चलने की प्रेरण ा देता है। सामान्यजन निर्णय नहीं कर सकते कि किस साधन को अपनाने से आत्मकल्याण संभव है। आप ही समाधान करने की कृपा करें कि सरल साधन क्या है?"

महर्षि ने कहा, "मुनिश्रेष्ठ कात्यायन, सद्ज्ञान और भक्ति का एक ही लक्ष्य है कि मनुष्य सत्कर्मों में प्रवृत्त हो। मनुष्य सद्ज्ञान प्राप्त करके अपने को सत्कर्मों में लगाए तो श्रद्धा के माध्यम से भक्ति देवी स्वतः उस पर कृपा करने को प्रवृत्त हो जाती हैं। परोपकार, करुणा, अहिंसा, सत्य जैसे सद्गुणों को धारण करने वाला सहज ही में कल्याण का अधिकारी बन जाता है।

मुनि कात्यायन जी की जिज्ञासा का समाधान हो गया।

सत्य का रहस्य

प्रयागराज में गंगा-यमुना के संगम पर ऋषि कौशिक का आश्रम था। ऋषि घोर तपस्वी व सत्यनिष्ठ विद्वान थे। छात्रों को धर्मशास्त्रों का अध्ययन कराया करते थे। अपना शेष समय भगवान की उपासना में लगाया करते थे। उन्होंने जीवन में कभी भी असत्य न बोलने का संकल्प लिया हुआ था।

एक दिन वे संगम तट पर बैठे ध्यान-उपासना कर रहे थे। उन्होंने देखा कि एक स्त्री तथा पुरुष पसीने से तर-बतर उनके सामने से हाँफते हुए निकले तथा बाईं ओर की झाड़ियों में अंतर्धान हो गए। वे समझ गए कि वे किसी संकट में हैं।

कुछ ही देर बाद हाथ में तलवार लिए कुछ व्यक्ति वहाँ आ धमके। उन्होंने पूछा, "महाराज, इधर एक औरत और एक आदमी आए थे। वे किधर गए?"

ऋषि ने सोचा कि यदि झूठ बोल दूँ तो शायद उनके प्राण बच जाएँ। कुछ क्षण बाद ही डाकू सरदार ने कहा कि "महात्मा जी, आप गंगा-यमुना के सामने बैठे हैं। झूठ बोलकर पाप न कमाना। सच-सच बता दो कि वे किधर हैं?"

ऋषि ने अंगुली से संकेत कर दिया, 'उधर'। कुछ ही क्षणों में उन्होंने कराहने की आवाज़ सुनी। समझ गए कि डाकुओं ने लूटने के बाद दोनों को मार डाला है।

अगले ही दिन ऋषि कौशिक की आयु पूरी हो गई। यमराज के दूत उन्हें नरक में ले गए। उन्होंने धर्मराज से पूछा, "मैंने जीवन भर सच बोला है। सेवा व भक्ति से जीवन बिताया है। फिर मुझे नरक क्यों लाया गया है।"

धर्मराज ने समझाया, “आपका इशारा करने से दो निर्दोषों को प्राण गंवाने पड़े। सच बोलते समय यह परख लेना चाहिए कि कहीं इससे किसी प्राणी की हत्या तो नहीं हो रही है।”

बिना विचारे सच बोलने के कारण उन्हें नरक भोगना पड़ा।

संस्कारों का महल

राजा इन्द्रद्युम्न परम धर्मात्मा शासक थे। प्रजा की भलाई के काम में लगे रहते थे। उन्होंने अनेक तालाबों का निर्माण कराया, जिससे लोग मीठा व स्वच्छ जल पी सकें। अनेक धर्मशालाओं व गोशालाओं की स्थापना कराई। सेवा परोपकार के पुण्यों के कारण उन्हें मृत्यु के बाद स्वर्ग की प्राप्ति हुई।

कुछ समय बाद धर्मराज ने उनसे कहा, "अब आपके पुण्य क्षीण होने लगे हैं। अतः कुछ ही समय तक स्वर्ग में रह सकेंगे।"

राजा ने कहा, 'धर्मराज, मैंने जीवन भर परोपकार के कार्य किए हैं। इतना पुण्य अर्जित किया है कि मैं लम्बे समय तक स्वर्ग-भोग का अधिकारी हूँ।"

धर्मराज ने कहा, "आधे पुण्य तो तुम्हारे इन अहंकार के शब्दों से क्षीण हो गए और अन्य पुण्य तुम्हारी संतान क्षीण करने में लगी है।"

"मेरी संतान पुण्यों को क्षीण कैसे कर रही है?" राजा ने पूछा।

धर्मराज के दूत ने बताया, "आपने जो तालाब बनवाए थे, तुम्हारे पुत्र-पौत्रों ने लोभवश उन्हें तुड़वाकर उस भूमि को बेचना शुरू कर दिया है। पुत्र-पौत्र प्रजा की भलाई की जगह भोग-विलास में लीन रहने लगे हैं। पुण्य तभी संचित रहते हैं, जब आगामी पीढ़ी-संतान भी संस्कारवान हो। वह भी पिता-पितामह की तरह परोपकार के कार्यों में लगी रहे।"

राजा की जिज्ञासा का समाधान हो गया।

सत्य को नहीं छोड़ा

राजा सत्यदेव एक धर्मनिष्ठ तथा कर्तव्यपरायण शासक थे। सत्याचरण को वे अपना सर्वस्व मानते थे। सत्य की रक्षा के लिए सदैव तत्पर रहते थे।

एक दिन राजा शैया से उठे। सवेरे का समय था। सूर्य भगवान को प्रणाम कर रहे थे कि उन्होंने एक सुन्दरी को महल से बाहर जाते देखा। उन्होंने उससे पूछा, "तुम कौन हो?"

उसने उत्तर दिया, "मैं लक्ष्मी हूँ। बहुत समय तुम्हारे घर रह ली। अब जा रही हूँ।"

कुछ समय पश्चात एक व्यक्ति दरवाजे से बाहर निकला। राजा ने उससे पूछा, "तुम कौन हो?"

जवाब मिला, "दान हूँ। जब लक्ष्मी ही तुम्हारे यहाँ से विदा हो गईं तो दान कैसे कर सकोगे। मैं लक्ष्मी के साथ जा रहा हूँ।"

कुछ क्षण बाद तीसरा व्यक्ति घर से निकला। उसने बताया, "मैं सदाचार हूँ। जब लक्ष्मी व दान ही न रहे तो मैं अकेला रहकर क्या करूँगा। मैं भी जा रहा हूँ।" राजा ने उसे भी जाने की अनुमति दे दी।

चौथा व्यक्ति घर से बाहर आया। पूछने पर उसने बताया, "मैं यश हूँ। जब आप लक्ष्मी व दान के अभाव में दान ही न कर पाएंगे तो यश कैसे मिलेगा। मैं भी वापस जा रहा हूँ।" राजा ने उसे भी जाने दिया।

पाँचवाँ व्यक्ति बोला, "मैं सत्य हूँ। जब चारों घर से विदा हो गए तो मैं अकेला कैसे रहूँगा? इसलिए मैं भी जा रहा हूँ।"

राजा सत्यदेव ने हाथ जोड़कर कहा, "मैं तो आपका, सत्य का अनन्य भक्त रहा हूँ। सत्य को सर्वश्रेष्ठ धर्म मानता रहा हूँ। सत्य के लिए प्राण भी

सत्य को सत्यदेव के आग्रह व अनुनय विनय के कारण रुकना पड़ा। राजा की सत्यनिष्ठा देखकर लक्ष्मी, दान, सदाचार तथा यश राजा के घर लौट आए।

स्वास्थ्य के साधन

महर्षि पुनर्वसु आयुर्वेद के महान ज्ञाता थे। उन्होंने शरीर को स्वस्थ रखने के साधनों की खोज की थी। अनेक दुर्लभ जड़ी-बूटियों के गुणों का पता लगाकर चरक नाम से एक ग्रंथ लिखा।

एक दिन महर्षि ने कुछ चिकित्सकों को विचार-विमर्श के लिए आमंत्रित किया। उन्होंने एक चिकित्सक से पूछा, "किस व्यक्ति को रोग नहीं सताता।" उसने एक औषधि का नाम बताया। दूसरे ने किसी अन्य पदार्थ का नाम लिया कि इसे खाने वाला व्यक्ति बीमारी से मुक्त रहता है। कई वैद्यों ने औषधियों के अन्य नाम बताए, किन्तु महर्षि पुनर्वसु संतुष्ट नहीं हो पाए।

वैद्यराज बाग्भट्ट ने कहा, "उत्तम स्वास्थ्य का रहस्य है 'हितभुक, मितभुक, ऋतभुक,।" उन्होंने अपने कथन पर प्रकाश डालते हुए कहा, "हितभुक अर्थात् ऐसी वस्तुएँ खाओ, जो शरीर के लिए हितकारी हैं। केवल जिह्वा के स्वाद के लिए मत खाओ। मितभुक अर्थात् अच्छी वस्तुएँ खाओ, किन्तु कम मात्रा में खाओ। ऋतभुक अर्थात् थोड़ी खाओ, परन्तु वे वस्तुएँ खाओ जो मेहनत की कमाई से प्राप्त की गई हो।"

वैद्य बाग्भट्ट ने कुछ देर रुक कर कहा, "जो भूख से कम खाता है, शरीर से परिश्रम करके धन अर्जित करता है, वह कभी बीमार हो ही नहीं सकता।"

महर्षि पुनर्वसु की जिज्ञासा का समाधान हो गया।

भक्त ध्रुव

मनु पुत्र उत्तानपाद की पत्नी सुरुचि उनकी अत्यन्त प्रिया थी। दूसरी पत्नी सुनीति पति से अवहेलित और शरणहीन थी। वह नित्य प्रति भगवान् विष्णु श्री हरि नारायण की ही शरण में जाती थी, नारायण जो अशरणों के शरण हैं। एक दिन पिता की गोद में सुरुचि के पुत्र उत्तम को देख कर सुनीति के पुत्र ध्रुव ने भी पिता की गोद में चढ़ने की हठ की। फलस्वरूप उस बालक को सुरुचि ने अत्यधिक कठोरता से डाँटा। पत्नी के वशीभूत हुए पिता के चुपचाप देखते रह जाने पर कटुवचनों से आहत ध्रुव वहां से हट गया और अपनी माता के पास गया। माता ने भी उस बालक को यही बतलाया कि मनुष्य मात्र को अपने कर्मों की गति को पार करने के लिये, एकमात्र भगवान् विष्णु श्री हरि नारायण की ही शरण में जाना होता है। यह सुन कर वह पांच वर्षीय स्वाभिमानी बालक श्री हरि की आराधना का मन में दृढ निश्चय करके नगर से निकल गया। मार्ग में उसकी नारद जी से भेंट हुई और उनसे मन्त्र मार्ग की दीक्षा मिली। फिर वह मधुवन में जाकर आराधना और तपस्या करने लगा। ध्रुव के पिता उत्तानपाद का हृदय अत्यन्त दुःखित हो गया। उसी समय नारद जी उनके नगर को गये और उनको सान्त्वना देते हुए शान्त किया। ध्रुव भी एकाग्रचित्त से ईश्वर की आराधना करते रहा और क्रमशः उसकी तपस्या बढ़ती गई। इस प्रकार उसने पांच महीने बिताए। ध्रुव के तप के बल से सभी दिशाओं में श्वासावरोध हो गया। तब देवताओं ने ईश्वर से प्रार्थना की। ध्रुव के तप और देवों की प्रार्थना से करुणा के उदित होने से ईश्वर का मन पिघल गया। ईश्वर के स्वरूपभूत चिदानन्द रस में निमग्न उस बालक ध्रुव के समक्ष फिर विष्णु श्री हरि गरुड

के ऊपर आरूढ़ हो कर प्रकट हुए। विष्णु श्री हरि के दर्शन जनित हर्ष के अतिरेक से ध्रुव का तरङ्गित मन भगवान् के स्वरूप के अमृत में डूब गया। वह स्तुति करने का इच्छुक है यह समझ कर विष्णु श्री हरि ने उसके गाल पर प्यार से अपना शंख छुआ दिया। तब तत्त्व बोध से विमल हुआ ध्रुव भगवान् की स्तुति करने लगा। उसके मनोभाव को जानते हुए विष्णु श्री हरि ने कहा, "चिरकाल तक राज्य का उपभोग कर लेने के पश्चात तुम सब से ऊपर स्थित ध्रुव पद को प्राप्त करो, जो पुनरावृत्ति रहित लोक है।"

सभी लोगों को आनन्दित करता हुआ यह राजकुमार ध्रुव नगर को लौट गया। उसके पिता उसके ऊपर राज्य भार सौंप कर वन को चले गये। विष्णुश्रीहरि की कृपा से पूर्ण काम हुए ध्रुव ने चिरकाल तक राज्य का उपभोग किया। यक्ष के द्वारा उत्तम के मारे जाने पर ध्रुव उस यक्ष के साथ युद्ध करने लगे, किन्तु फिर मनु के कहने पर युद्ध को रोक भी दिया। ध्रुव के शान्त स्वभाव से प्रसन्न हो कर कुबेर उसके पास पहुँचे। महात्मा ध्रुव ने कुबेर से भी विष्णु श्री हरि में दृढ़ भक्ति का ही वरदान माँगा। श्री हरि के पार्षदों के द्वारा लाए गए विमान पर ध्रुव अपनी माता के संग चले गये। वे आज भी ध्रुव पद पर प्रसन्नतापूर्वक विराजमान हैं।

गृहस्थ ही श्रेष्ठ है

महर्षि अंगिरा के गुरुकुल में अनेक शिष्य पढ़ते थे। महर्षि उन्हें साक्षर बनाने के बाद धर्मशास्त्रों का अध्ययन कराया करते थे। शिष्यों की रुचि को देखकर उनका मार्गदर्शन किया करते थे कि उन्हें शिक्षा प्राप्ति के बाद क्या करना चाहिए! कृषि कार्य में रुचि रखने वाले को विदा करते समय कहते थे : तरह-तरह के खाद्यान्न पैदा करो। उनमें से कुछ भाग पशु-पक्षियों व गरीबों के लिए अवश्य निकाला करो। व्यापार में रुचि देखकर शिष्य को ईमानदारी से व्यापार करने की प्रेरणा देते थे।

गोपमाल नामक शिष्य को अध्ययन के बाद विदा करते समय महर्षि अंगिरा ने कहा, "मैं जानता हूँ कि तुम विरक्त स्वभाव के हो, किन्तु वर्णाश्रम धर्म की मर्यादा के अनुसार गृहस्थ धर्म का पालन करते हुए सांसारिक भोगों से विरक्त बने रहना। मर्यादा का दृढ़ता से पालन करना। माता-पिता की सेवा करना।"

गोपमाल आशीर्वाद लेकर घर लौटा। माता-पिता ने मालिनी नामक एक सुयोग्य कन्या से उसका विवाह कर दिया। गोपमाल गृहस्थ में रहते हुए भी भगवान की भक्ति में लगा रहता।

एक बार सांसारिक प्रपंच के कारण उससे कोई मर्यादा विरुद्ध कार्य हो गया। इसकी वेदना ने उसे गृहस्थ जीवन से उबा दिया। उसने पत्नी से कहा, "गृहस्थ में रहकर मर्यादाओं का, धर्म का पालन असंभव है। मैं अब घर त्यागकर जंगल में जाकर साधना भजन करूँगा, तुम सास-ससुर की सेवा करना।" एक दिन गोपमाल चुपचाप रात को उठा और घर से जाने लगा। आहट सुनकर पत्नी पीछे-पीछे चल दी। उसने पत्नी को आते देखा तो बोला,

"तुम नारी हो, जंगल में रहने की कठिनाइयाँ नहीं सहन कर पाओगी।" दोनों गुरु अंगिरा से आशीर्वाद लेने आश्रम में जा पहुँचे।

महर्षि ने कहा, "गृहस्थ में रहते हुए छोटे मोटे पाप अनजाने में होते ही रहते हैं। संयम का और अधिक अभ्यास करो। वृद्ध माता-पिता को अकेले छोड़कर तुम दोनों को वन में शांति कदापि नहीं मिल पाएगी, तुरन्त लौट जाओ।"

गुरु के वचनों ने दोनों का विवेक जगा दिया। घर लौटकर मर्यादाओं का पालन करते हुए साधना में लग गये। आगे चलकर गोपमाल ने अग्रणी साधक के रूप में ख्याति अर्जित की।

•••

प्रश्नोत्तर

1. महाराणा फतह सिंह कहाँ के शासक थे?

   (अ) काशी (ब) उदयपुर
   (स) चित्तोड़ (द) दिल्ली

2. शिवाजी के सेनापति का क्या नाम था

   (अ) साकू जी गायकवाड़ (ब) शाहू
   (स) फतह (द) रामदीन

3. गोपीचंद कौन था?

   (अ) शैतान (ब) साधक
   (स) राजा (द) योगी

4. भगवान महावीर का प्रवचन सुनने के लिए कौन-सा राजा साधारण वेश में आया था?

   (अ) प्रसेनजित (ब) अहिरावण
   (स) महात्मा बुद्ध (द) अश्वघोश

5. नकिबेन कहाँ का राजा था?

   (अ) भारत का (ब) मिस्त्र का
   (स) पाकिस्तान का (द) काशी का

6. ‘वंदे मातरम् गीत’ किसने लिखा?

(अ) दयानंद (ब) रवीन्द्रनाथ टैगोर

(स) बंकिम चंद्र (द) इकबाल

7. माँ शारदा के पति का क्या नाम था?

(अ) विवेकानंद (ब) रामकृष्ण परमहंस

(स) चाणक्य (द) कालिया

8. भूमिश्रवा के गुरु कौन थे?

(अ) ऋचीक (ब) विश्वामित्र

(स) पीतांबर (द) महेश योगी

9. ‘सत्यार्थ प्रकाश’ के लेखक कौन हैं?

(अ) दयानंद सरस्वती (ब) प्रेमचंद

(स) श्रद्धानंद (द) मैथिलीशरण गुप्त

10. देवताओं के वैद्य का क्या नाम था?

(अ) पीतांबर (ब) सुसैण

(स) हरिनाथ (द) अश्विनी कुमार

उत्तर

1. ब 2. अ 3. द 4. अ 5. ब 6. स 7. ब 8. अ 9. अ 10. द